Panique en coulisses

Julien BERLY

PANIQUE EN COULISSES

une comédie en un acte et mille péripéties

© 2020 Julien BERLY

Éditeur : BoD-Books on Demand
12-14 rond-point des Champs-Élysées, 75008 Paris
Impression : Books on Demand, Norderstedt, Allemagne

Loi n°49-956 du 16 juillet 1949 sur les publications destinées à la jeunesse, modifiée par la loi n°2011-525 du 17 mai 2011.

ISBN : 978-2-3222-3653-4
Dépôt légal : Juin 2020

Je dédie cette pièce,

à tous mes élèves passés,

présents et futurs…

Avant-propos

J'ai souvent écrit les textes pour mes élèves.

Pourquoi ?

Parce qu'il est toujours difficile de trouver une oeuvre comportant le bon nombre de comédiens.

Dans le cadre de mes ateliers, il me fallait des textes avec beaucoup de personnages et une somme de travail égale pour tous.

Comme le veut le vieil adage :

« on n'est jamais mieux servi que par soi-même »

J'ai souhaité ce texte comme un hommage au théâtre mais surtout un hommage aux Artistes. L'envers du décors, le travail des interprètes, les métiers de l'ombre. Les traditions, les superstitions, l'Ego des comédiens… tout cela se mélange en une pièce de théâtre dans la pièce de théâtre.

Celle que vous vous apprêtez à lire, à été écrite en 2017 et jouée pour la première fois à Magny-le-Hongre en Seine et Marne, le 9 Juin 2018 par les adolescents des Ateliers Théâtre de l'association SIAMSA

Toutes les aventures qui arrivent aux protagonistes, me sont, un jour ou l'autre, arrivées dans ma vie d'artiste.

Toutes sauf une, mais je ne vous dirai pas laquelle….

Personnages

Ludivine, *la metteuse en scène*

Evelyne, *l'assistante*

Patrick, *régisseur général*

Steph, *régisseur assistant*

Jean-Paul, *technicien plateau*

Jean-Louis, *technicien plateau*

Josy, *coiffeuse*

Morguy, *maquilleuse*

Mireille, *costumière*

Edouard, *comédien interprétant le Mari*

Jessica, *comédienne interprétant la Femme*

Sophie, *jeune première interprétant la Fille*

Baptiste, *comédien interprétant le Docteur*

Clotilde, *comédienne interprétant une domestique*

Marie-ange, *comédienne interprétant une domestique*

Christiane, *la productrice*

Nous sommes dans un théâtre, à quelques minutes du lever de Rideau. On joue ce soir une courte pièce de Georges Feydeau « **Monsieur va mieux** »

Jamais jouée, jamais mise en scène car récemment découverte dans les archives privées du Grand Hôtel Terminus, rue de Londres, à Paris.

C'est le stress, tout le monde est là, la presse, les critiques, les invités prestigieux mais est-ce que les artistes sont prêts ? Cela reste à voir....

<u>DECOR UNIQUE</u>

La scène se passe dans les coulisses du théâtre. Dans la salle (ou en bas de scène) , la régie. Côté jardin, un accès menant vers les loges. On voit, au fond, côté cour, une partie de la scène et du décor (fauteuil bourgeois et plante verte)

Il y a quelques chaises, et des accessoires de théâtre.

Les comédiens sont en costumes d'époque, les techniciens et régisseurs en noir et les autres, dans des tenues modernes.

Pendant l'entrée du public, les techniciens s'affairent sur scène et en coulisses, les régisseurs également. Ils se donnent des infos de temps en temps… l'habilleuse peut, par exemple, passer avec des costumes, les comédiens peuvent faire des échauffements, etc.

Au début du spectacle nous sommes à 20 minutes de la grande première de la pièce « **Monsieur va mieux** »

Les régisseurs son et lumière sont à leur pupitre.

PANIQUE EN COULISSES

Patrick : Votre attention s'il vous plaît, nous sommes à 20 minutes du spectacle, 20 minutes !
Steph : Oh là là... ça y est, j'ai le trac... c'est mon premier grand spectacle officiel.
Patrick : Ne t'inquiètes pas, avec moi, ça roule. On est une équipe d'enfer.
Steph : Merci pour ta confiance.
Patrick : T'as bien mis le CD dans la platine ? Tout est ok ?
Steph : Le cd ? oh zut... j'ai laissé le cd dans la camionnette, j'arrive *il sort en courant*
Patrick : Ah ah... pas de panique... de toutes façons, les spectacles ne commencent jamais à l'heure... ça se saurait !

La metteuse en scène entre et appelle tout le monde.

Ludivine : S'il vous plaît, s'il vous plaît... tout le monde avec moi, s'il vous plaît... toute l'équipe... allez allez, vite... on se dépêche... Evelyne, Evelyne...
Evelyne : Je suis là, je suis là...
Ludivine : Non, mais Evelyne, vous le savez, vous devez être toujours à côté de moi... une assistante c'est comme une ombre... c'est même mieux que ça, c'est l'ombre de mon ombre... l'ombre de ma main, l'ombre de mon...bref, vous devez être toujours là.

Evelyne : Mais je suis là. Je suis là.
Ludivine : Evelyne ?
Evelyne : Oui ?
Ludivine : C'était juste pour vérifier. Bon est ce que tout le monde est là ?
Evelyne : Josy, Mireille, Morguy vous êtes concernées vous aussi… allez, allez tout le monde devant Ludivine s'il vous plait… on se dépêche.

Tout le monde arrive (sauf la productrice)

Ludivine : Bien, mes chouchous… ça y est , on y est… Cela n'a pas été sans mal mais nous y sommes arrivés. Toute la presse est là, la salle est pleine à craquer. Pensez à tout ce que je vous ai dit. OK ? la voix, l'articulation, pensez à respirer… Evelyne ?
Evelyne : Oui ?
Ludivine : Non rien… et surtout : amusez vous !

Steph revient en courant...

Steph : C'est bon Pat, ça y est… voilà.

Il met le cd et la musique du spectacle se fait entendre, il n'a pas vu que tout le monde était là.

Ludivine : Mais qu'est-ce que vous faites ? Arrêtez moi ça !
Evelyne : Arrêtez cette musique enfin..!

Steph arrête la musique net.

Jessica : Ah non, mais franchement, ça commence bien… excusez-moi, mais je ne veux pas travailler avec des amateurs comme ça !

Edouard : Mais enfin, Jessica, calmez-vous… c'est une erreur, une simple erreur. *il jette un coup d'oeil vers la scène*.... personne ne s'en est rendu compte. Allons ,allons… tout va bien se passer. Je sais que vous avez le trac....

Jessica : Le trac ? le trac ? Je n'ai JAMAIS le trac… le théâtre c'est ma vie, je suis faite pour ce métier, le trac ? Non mais, on aura tout entendu.

Sophie : Vous avez bien de la chance, moi je suis terrorisée… j'ai l'impression d'avoir oublié tout mon texte....

Josy : Mais non mademoiselle Sophie, tout va bien se passer. Vous étiez merveilleuse hier soir lors de la générale. Vous étiez éblouissante, c'est bien simple, on ne voyait que vous.

Jessica : Ah, ben c'est agréable....

Mireille : Mais, vous aussi, vous étiez splendide ma chère… évidemment…

Morguy : Comme d'habitude… ne changez rien. Vous le savez ils viennent pour vous… et ce sera, encore une fois, un triomphe.

Ludivine : Oui, Oui, Oui, bon, bon, bon… allons allons… Comme je vous l'ai dit, toute la presse est là. On ne parle que de cette pièce. Je ne dis pas ça pour vous mettre la pression mais, on nous attend au tournant… alors, soyez au top. Lever de rideau dans combien de temps ?

Jean-Paul et Jean-Louis : dans 17 minutes !
Ludivine : Bien… je vous laisse, je vous dit Merde....
elle sort puis revient … Evelyne ?
Evelyne : J'arrive, j'arrive… allez… Merde !
Sophie : Merci !
TOUS : OOOOOHHHHH !
Jessica : Mais c'est pas vrai. Mais c'est pas vrai !!!!!! On ne dit pas « Merci » enfin… ça porte malheur !
Edouard : Ne t'inquiètes pas Sophie… effectivement dans le milieu, si on te dit merde… tu ne réponds pas… ou alors tu peux dire « je prends ». Il paraît que dire « merci » ça porte malheur… mais c'est surtout pour les superstitieux..... *il regarde Jessica.*
Jessica : Pfffffff… je préfère ne pas répondre.
Morguy : Venez Jessica, venez vous brillez.
Clotilde : Jean-Paul, Jean-Louis… vous avez bien mis nos accessoires à la bonne place ?
Marie-ange : Oui, pas comme hier soir… on est rentrées sans nos plumeaux… c'était ridicule.
Jean-louis : Affirmatif les « girls ». Tout est en place.
Jean-Paul : Yes, comme prévu. Les plumeaux sont côté jardin. Ne vous inquiétez pas.
Marie-ange : Mais si on s'inquiète… c'est côté cour qu'ils doivent être… côté cour. C'est pas compliqué.
Clotilde : Mais oui, on rentre à cour… c'est pas faute de le dire à chaque fois.
Jean-Paul : Je comprends rien moi avec vos codes
Jean-Louis : C'est clair que c'est pas clair vos histoires.

Baptiste : Mais enfin messieurs, c'est très simple... côté cour, coté jardin... il n'y a pas trente-six solutions. Tenez, je vais vous donner un bon moyen de le retenir... quand vous êtes sur scène, le côté cour c'est le côté du coeur.
Clotilde : À gauche.
Jean-Louis : *qui se positionne à l'envers*. Et ben, mon coeur il est à gauche, donc par là , donc cour c'est là bas... on avait bon !
Marie-ange : Non, quand vous êtes sur scène... face au public
Jean-Paul : *qui comprend enfin*, Ahhhhhhh, côté cour, coté coeur... d'accord.
Clotilde: Et bien, qu'est ce que vous attendez ? Allez chercher les accessoires,enfin... dépêchez vous !

Les deux techniciens sortent chercher les accessoires des comédiennes

Baptiste : c'est pas gagné... Patrick, ton équipe technique, tu l'as trouvé où...?
Patrick : Arrête, j'ai pris les meilleurs, fais moi confiance... il faut juste qu'ils se fassent au métier, c'est pas évident.
Sophie *pousse un cri* : Ahhhhhh ma robe, oh non, ma robe... elle est déchirée !
Mireille : Pas de panique, pas de panique. Venez avec moi, on va raccommoder ça en un rien de temps.... *elles sortent vers les loges.*

Jessica : Je doute… je doute sérieusement de la qualité de ce spectacle et de cette troupe.
Edouard : Mais enfin, Jessica, pourquoi ? Nous sommes entourés des meilleurs. Patrick est un régisseur de talent. Ludivine fait des mise-en-scène que le monde entier nous envie… et, vous avez de la chance de m'avoir pour partenaire...
Jessica : *elle rit un peu forcé*… Ah ah ah… Edouard, j'avoue que là, je suis comblée… allez, je vais dans ma loge pour me concentrer....
Edouard : *à Clotilde et Marie-ange* : Mesdemoiselles, je voulais vous dire à quel point je suis ravi de jouer en votre compagnie...
Clotilde : Oh monsieur Edouard… c'est gentil.
Marie-ange : Oui merci beaucoup Monsieur Edouard...

Jean-Paul et Jean-Louis reviennent

Jean-Paul : Pardon m'sieur Edouard… faut qu'on mette les accessoires par ici...
Jean-Louis : Ben oui, côté cour, côté coeur !
Patrick *se met à crier* : Votre attention, on est a quinze minutes du lever de rideau… quinze minutes !
Steph : C'est dingue, faut avoir l'oeil sur tout quand on est à la régie… sur la montre, sur la scène, sur la salle et même sur les comédiens.
Patrick : Et oui, c'est un métier. Les comédiens croient que ce sont eux qui font le succès d'une pièce, mais non ! c'est grâce aux hommes de l'ombre !
Jean-Paul : Eh eh, t'as bien raison mon Patoche.

Jean-Louis : Tu l'as dit. Sans la technique, pas de spectacle !
Baptiste : Oui, enfin… sans comédien, pas de technicien non plu… je vous rappelle que c'est un tout … une équipe, une troupe.

Ludivine revient dans les coulisses suivie de la productrice du spectacle.

Ludivine : Mes chouchous, mes chouchous… votre attention. Venez tous par ici, venez… je vous présente Christiane Lagrange, notre productrice qui souhaite vous dire quelques mots...
Christiane : « Monsieur va mieux »… quel honneur, non mais quel honneur de proposer cette pièce ici, avec vous… Je suis une productrice comblée. Vous ne pouvez pas savoir la chance que vous avez... Jouer une pièce de l'immense Feydeau, pour la toute première fois. Ici, dans ce superbe théâtre et dans un cadre aussi prestigieux que ce festival.
Jessica : Je crois que vous faites erreur, car j'ai joué tous les Feydeau du répertoire, et ce, devant des milliers de spectateurs...
Edouard : Ce que Madame veut dire, c'est que ce texte là, n'a jamais été joué. Puisqu'il a été découvert dans les archives de l'hôtel où il a vécu de nombreuses années.

Christine : Exactement, jamais publiée, jamais corrigée, jamais jouée… c'est donc une première à tous les niveaux. Et je ne vous cache pas ma fierté d'avoir investi et cru en ce projet. Certains me croyait folle… mais votre talent va prouver à tous que j'avais raison.
Ludivine: Merci Christine d'avoir cru en nous. C'est un honneur. Vous ne serez pas déçue.
Christine : Mais je l'espère bien… ah ah ah. Pour le moment, j'y retourne, les journalistes n'arrêtent pas de vouloir des détails croustillants… ils faut que je leur donne quelques informations… et me voir revenir des coulisses va les rendre fous ! *elle s'apprête à sortir* Allez, je vous dit Merde
Sophie : Merci !
Tous : Ohhhhhhhhh
Christine : Ma chère, que c'est naïf et frais... mais attention, il en va de la réussite de ce spectacle.
Sophie : Je suis désolée… désolée.
Christine : Ce n'est rien, n'en parlons plus. Allons, une nouvelle fois, donc, je vous dis merde pour ce soir.
Sophie : On prend, on prend… merci !
Jessica : Mais c'est pas vrai… c'est pas vrai… il faut que je sorte, elle va me faire devenir chèvre...*elle sort vers les loges*.
Mireille : *la rattrapan*t… Mais enfin Jessica, ne vous énervez pas, revenez, c'est juste le stress d'une débutante.
Marie-ange : Ne les écoutes pas, Sophie. Tu réponds Juste « On prend » ou « je prends » comme tu veux.

Clotilde : Ou, au pire, tu fais comme nous, tu ne dis rien...
Baptiste : En fait, c'est la meilleure solution... tu souris, tu acceptes et tu ne dis rien… la personne qui te souhaite « bonne chance » ne s'en offusquera pas.
Patrick : Ah, ah, la superstition des artistes… heureusement que pour nous, c'est pas la même chose...
Marie-ange : Excusez-moi , dois-je vous rappeler votre « servante » que vous laissez allumée le soir dans le théâtre...
Clotilde : Oui, pour éloigner… les fantômes.
Steph: Ah, mais ça, ce n'est pas de la superstition… C'est vrai !
Jean-Louis : Ma petite Sophie… ne vous inquiétez pas, avec nous dans les coulisses, vous n'avez rien à craindre.
Jean-Paul : Et même, si il vous arrive quelque chose, comptez sur nous pour venir vous aider....
Josy : Je ne suis pas sûre que vous soyez en train de la rassurer là… Le mieux c'est d'arrêter de parler, allons, allons tout va bien se passer.
Morguy : Venez Sophie, Venez, vous brillez. Un peu de poudre et vous allez retrouver un teint de pêche.
Christine : Voilà, c'est ça que j'aime, cet esprit familiale d'une troupe à l'approche fatidique de l'ouverture du rideau. Allez, cette fois c'est la bonne… MERDE à tous !

Tous se retournent vers Sophie, sourient et laissent partir la productrice.

Ludivine : Bon, bon, bon… respiration abdominale pour tout le monde… On gonfle son plexus solaire au maximum, en faisant rentrer l'air et on expire en soufflant, voilà très bien… on se détend...
Steph : Je peux le faire Patrick ? je peux faire l'annonce ?
Patrick : Si tu veux, bien sûr… attends il reste quelques secondes… c'est qu'il faut être précis...
Steph : Ok, donc… attends je regarde l'heure, encore un peu… un tout petit peu...
Patrick : Ok, c'est parti, top pour l'annonce.
Steph : c'est bon, les amis, on est à dix minutes du lever de rideau ! dix minutes.
Patrick : Ok, alors… crois moi, dans ce métier, il faut se faire entendre. Recommence mais parle plus fort.
Steph : *un peu plus fort* . Les amis, on est à dix minutes… dix minutes du lever de rideau...

Personne ne semble réagir....

Steph : c'est pas assez fort ?

Patrick fait signe « non » de la tête.

Steph : *Qui se met à hurler.* Dix minutes avant le lever du rideau… dix minutes !
Ludivine : Très bien, vous avez entendu… allez, à tout de suite... Evelyne ?
Evelyne : Oui, je suis là.
Ludivine : Mais Je sais que vous êtes là… je veux vous dire qu'avec vous, on va faire du bon travail…

Bon, au cas où, je vous donne le texte, vous soufflerez si jamais il y a un trou de mémoire.
Evelyne : Ok. Vous avez entendu ? je serais là pour souffler si vous avez un trou dans le texte, faites moi confiance.
Sophie : Merci Evelyne, ça va me rassurer de te savoir avec nous.
Jean-Paul : Mam'zelle Sophie... ne vous inquiétez pas. Nous aussi on sera là.
Jean-Louis : Je suis pas sûr qu'elle ai besoin d'un gros lourdaud comme toi en ce moment... laisse la tranquille... pas vrai Mam'zelle Sophie qu'j'ai raison ? hein ? vous avez pas besoin qu'on vous colle ou qu'on vous suive partout pendant le spectacle... non parce que faut lui dire à lui, hein ?
Sophie : C'est que... vous êtes gentils mais...
Jean-Louis : Qu'est-ce que je te disais... tu vois, elle a pas besoin de toi.
Jean-Paul : Ouais, ben pour l'instant, le gros lourdaud c'est pas celui qu'on croit

Sophie s'éloigne visiblement gênée par la situation.

Baptiste : Messieurs... venez par ici, s'il vous plaît.
Jean-Paul : Qu'est-ce qu'on peut faire pour vous m'sieur Baptiste ?
Jean-Louis : Un problème ? Vous voulez qu'on vous souffle aussi votre texte ? j'le connais par coeur à force d'assister aux répétitions

il imite le docteur et récite maladroitement : « *Monsieur va mieux, je vous le garanti… il aurait été fâcheux que Monsieur rate sa partie de chasse* »

Jean-Paul : *même jeu* « *Mademoiselle Léontine, allez chercher Madame, et dites lui que Monsieur va mieux* » *imitant une voix de femme*

« *bien docteur… tout de suite docteur* »

Baptiste : *un temps* Comme quoi, chacun son métier, pas vrai les gars ? Ce que je veux vous dire c'est que votre technique de séduction est mauvaise… très mauvaise… et que pour avoir les faveurs d'une actrice, vous vous y prenez très mal.

Jean-Louis : Ah, non, mais pas du tout… C'est Jean-Paul qui fait le beau avec Mademoiselle Sophie.

Jean-Paul : Mais je fais pas le beau, qu'est-ce que tu racontes.

Baptiste : Allons, allons… je vous dis juste de changer vos méthodes si vous souhaitez plaire à une comédienne...

Edouard : Allons bon ! Il y en a qui veulent plaire à des comédiennes ? Baptiste, ne me dites pas que vous donnez des cours de séduction… car la meilleure façon de séduire, c'est encore de m'observer, non ? Elles sont toutes dingues de moi...

Au même moment, Jessica passe rapidement devant eux, sans leur prêter attention.

Baptiste : Toutes ? vraiment ?
Edouard : oui, bon….presque….*changeant de sujet* .

Patrick...tout va bien ? Au fait t'oublies pas, pour la lumière du matin... Quand j'ouvre les rideaux tu m'allumes tout rapidement. Mais pas trop fort, la dernière fois tu m'as complètement aveuglé.

Patrick : Pas de problème, fais-moi confiance, tout est noté... j'ai tout le spectacle en tête, je peux vous éclairer les yeux fermés.

Jean-Louis : Ben ça va être pratique tiens !

Ludivine : Euh... On peut savoir qui a mis la desserte sur scène ? Je vous rappelle que c'est Clotilde qui l'apporte au début.

Jean-Paul et Jean-Louis se regardent et foncent vers la scène, pour ramener la desserte dans les coulisses.

Steph : J'espère que eux, il vont pas avoir les yeux fermés pendant le spectacle, ça promet !

Clotilde et Marie-ange arrivent....

Clotilde : Steph, tu penseras à mettre les bruitages bien fort ? À chaque fois j'entends pas la sonnette, alors je sais jamais quand je dois rentrer sur scène.

Marie-ange : Oui, pareil pour moi, quand il y a la musique, faut vraiment que tu la mettes bien fort, sinon j'ai pas mes repères...

Stephanie : Vous inquiétez pas, je me suis mis des rappels et des marques sur la console. Ecoute c'est assez fort ça ?

il met en route une musique très fort.

Marie-ange : Arrête, arrête… pas maintenant, qu'est ce que tu fais ?

Steph baisse le son tout de suite

Evelyne : Que se passe t-il ? Steph, ça va ?
Steph : Je montrais juste à Marie-ange le volume …
Evelyne : Les réglages c'est pas maintenant qu'il faut les faire. On va passer pour des amateurs et rappelez-vous de ce que nous a dit la productrice.

Mireille arrive avec Josy et Morguy....

Mireille : Mais, quoi ? on a déjà commencé ?
je pensais que nous avions encore quelques minutes…
vite, tout le monde en place.
Josy : mais non, regarde, personne n'est sur scène, pas de panique.
Morguy : Steph, Patrick, tout va bien ? j'ai eu un coup de stress, j'ai cru qu'on avait pas entendu le début du spectacle.
Patrick : Oui, oui aucun souci, ça roule... juste un petit réglage technique de dernière minute.

Christiane arrive alors par les loges

Christiane: Toc, toc, toc c'est encore moi. La presse est impatiente, les invités sont tous arrivés, bon, je vais m'asseoir dans la salle, j'ai hâte de vous applaudir…
rendez-moi fière de mon investissement.
Ludivine : Vous le serez, croyez-moi.

Edouard : Vous ne serez pas déçue, je vous en donne ma parole.

Christine : Mon cher Edouard, je n'en doute pas une minute... Votre charme et votre présence vont enchanter les spectatrices... *elle sourit un peu charmeuse visiblement intéressée mais se reprend vite*... allons... Bon spectacle à tous. Ah oui, Ludivine venez par ici *en aparté*... Vous m'accompagnerez sur scène à la fin, pour le discours et, bien sûr, pour le verre que j'offre aux journalistes et aux VIP dans le salon Maillant après la représentation.

Ludivine : Bien sûr, on sera là.

Christine : On ? Ludivine, il vaut mieux que vous veniez seule... cela sera plus simple.

Ludivine : Mais enfin, je ne vais pas laisser mon équipe seule à la fin de la représentation...

Christine : C'est préférable, croyez-moi... Ils sont excellents sur scène, mais dans la vie... bref, faites-moi confiance, si on veut que la pièce soit rentable et achetée par les professionnels, venez seule... À tout-à l'heure. *elle sort*

Ludivine : Mais, Christine... *Christine est déjà sortie.*

Evelyne : Tout va bien Ludivine ? Vous semblez toute chose...

Ludivine : C'est l'émotion d'une première...

Evelyne : Je comprends, moi-même je me sens toute chose. Excitée et apeurée en même temps.

Sophie : Mireille ? Mireille s'il-te plait ?

Mireille : Oui mademoiselle Sophie ? que se passe t-il ?

Sophie *un peu gênée :* Mireille, vite il faut que vous m'aidiez… on va bientôt commencer et … désolée mais je dois aller au petit coin.
Mireille : Encore ! mais ça fait trois fois !!!
Sophie : Le trac, j'y peux rien, c'est les nerfs.
Mireille : La prochaine fois, je vous fais un costume plus pratique, qui se met tout seul… Allez, ne vous en faites pas, venez *elles sortent*
Patrick : Steph, tu veux refaire l'annonce ?
Steph : Non non, vas-y, je te laisse faire. Une fois ça m'a suffit.
Patrick : Ok, les amis, SHOWTIME dans cinq minutes… cinq minutes… Merde à tous !

Tout le monde va se mettre en place, on donne les derniers coups de peigne, les dernières retouches maquillage. Le spectacle va commencer.

Ludivine : Bien, très bien, allez… c'est le moment du cercle d'énergie positive... allez, venez sur scène avec moi.

Ils vont se diriger vers le fond, on les verra passer par l'ouverture qui donne sur le décor de leur spectacle.

Jessica : Le cercle d'énergie positive ? Mais c'est pas vrai… chez les amateurs on fait ça, mais pas ici...
Edouard : Moi, je trouve que c'est très bien. Ça renforce les liens de la troupe. C'est très bénéfique.
Clotilde : Moi j'aime beaucoup, ça me donne à chaque fois la pêche… C'est devenu un rituel.

Marie-ange : C'est important les petits rituels, chacun pense comme il veut, mais je trouve que ce cercle d'énergie est vraiment apaisant... surtout avant une première.
Evelyne : Allons, allons, tous les comédiens sur le plateau… allez...
Baptiste : Nous voilà, nous voilà… ça y est, on y est... « Monsieur va mieux ». Ah, depuis le temps qu'on en parle...

Tous les comédiens vont vers la scène, sur le plateau, on ne les entend plus.

Josy et Morguy entrent en coulisse. les techniciens, eux, sortent du plateau où sont allés se concentrer les artistes.

Jean-Paul : Qu'est-ce que c'est que ce cercle d'énergie positive ? on dirait une secte.
Jean-Louis Arrête, je trouve ça sympa moi, on devrait faire pareil, non ?
Steph : C'est vrai, d'ailleurs, je trouve que c'est pas juste, on devrait le faire ensemble. Après tout, on forme une équipe. Pas vrai ?
Patrick : On va dire que, c'est leur moment à eux… voilà tout.
Josy : Moi, je trouve que c'est un moment apaisant pour nous aussi. Tout est prêt, y a plus qu'à… c'est le petit moment où, nous aussi, on respire.
Morguy : Oui, c'est le calme avant la tempête.

un petit silence, tous semble apaisés...
soudain Mireille rentre en trombe…

Mireille : Oh c'est pas vrai, c'est pas vrai !!!
Patrick : Mireille, que se passe t-il ?
Mireille : *elle a du mal à reprendre son souffle, on croirait qu'un malheur est arrivé.* Oh c'est affreux, c'est affreux !
Jean-Louis : Mireille, mais enfin... qu'y a t-il ?
Mireille : C'est Sophie .
Jean-Paul : *crescendo* Sophie, ma Sophie..? mais qu'est-ce qu'elle a ? oh c'est pas vrai, ça y est ? elle a eu un malaise… oh non. Mais ça je le savais, je le savais... c'est toute cette pression, ce stress, cette première...
Mireille : Mais non, mais non… elle va bien... enfin, je crois.
Josy : Mireille, mais parle enfin, parle… que se passe t-il avec mademoiselle Sophie ?
Mireille, *après une hésitation* : Elle est coincée dans les cabinets...

réaction des autres.

Jean-Louis *qui regarde vers le plateau.* : C'est bon, ils sont toujours dans leur cercle de concentration, ils ont pas entendu.
Patrick : Mais allez, allez… Jean-Louis, Jean-Paul, allez l'aider… ne vous inquiétez pas, on va faire diversion.... vite.
Morguy : On arrive, on arrive....

Ils sortent, sauf Steph et Patrick qui vont prendre un air détaché… silence… Morguy revient.

Morguy : Oh là là, ça veut pas s'ouvrir… *elle repart...*
Steph *:* Faut défoncer la porte !
Jean-Louis : Il me faut ma caisse à outils, vite. *il la prend puis il repart.*
Steph : oh oh, on est dans le pétrin là... regarde l'heure… On devrait lancer le spectacle.
Patrick : Calmons-nous, calmons-nous… j'ai une idée… *il tousse pour s'éclaircir la voix* Votre attention s'il vous plait… *silence, regard inquiet de Steph…* nous sommes à cinq minutes avant le lever du rideau… cinq minutes !

Les comédiens passent la tête depuis la scène...

Edouard : Pardon ? Mais Patrick ? Tu nous a déjà dit ça il y a cinq minutes… On était en plein cercle d'énergie positive… on peut savoir ce que tu fais ?
Jessica : Qu'est-ce que c'est que ce délire ? Patrick, tu sais plus lire l'heure..? C'est showtime là, showtime !!!
Ludivine : Attendez , attendez, pardon… laissez-moi passer… Patrick, quelle heure est-il ? Je n'ai jamais de montre au théâtre, tu le sais bien.
Patrick : 19h55, et 32 secondes, on est à 5 minutes du spectacle.
Ludivine : j'aurais juré que c'était l'heure. Écoutez, désolée, on a fait le cercle d'énergie trop tôt, bon, au moins, c'est fait
Jessica : Mais Ludivine…

Evelyne : Allons, allons… faites confiance à Ludivine voyons... mettez vous en position… et bon spectacle à tous.
Clotilde : Étrange, vraiment étrange... mais, au fait, Sophie ?
Steph : *Qui se met à tousser fort*... Pardon, excusez - moi.
Marie-ange : Ça va Steph ? tout va bien..?
Steph : Oui oui, un chat dans la gorge, pas de panique.
Clotilde : Non, parce que Sophie n'est pas...

Même jeu avec Patrick

Marie-ange : Patrick, toi aussi ?
Patrick : Oui, oui… mais ça va mieux, beaucoup mieux...*il boit un coup.*

Jean-Louis et Jean-Paul reviennent suivis de près par les autres... Sophie est libérée.

Jean-Louis : C'est bon, on peut y aller....
Baptiste : Attendez, ce n'est pas encore l'heure. Autant, commencer en retard, on appelle ça de la courtoisie, autant, commencer en avance… c'est mal poli.
Jessica : De toutes façons, aucun spectacle ne commence à l'heure… c'est connu.
Edouard : Pardon ! En Angleterre ou aux Etats Unis ça commence pile à l'heure, c'est ce qui fait la réputation des spectacles anglo-saxons. Leur ponctualité.

Jessica : Oui, mais, mon cher, ici ,on est en France. Et en France on appelle ça le « quart d'heure de courtoisie».

Jean-Paul : On va quand même pas attendre un quart d'heure… puisque tout le monde est prêt.

Jessica : C'est une manière de parler, on attend juste un peu pour que, même les retardataires soient assis… vous n'avez pas respect du public dites donc

Jean-Paul : Ben, c'est pas respectueux d'arriver en retard...

Jean-Louis : T'as raison, moi je trouve pas ça très « Courtois »

Jessica : Bon, faites comme si je n'avais rien dit....

Ludivine : Allons, allons… tout le monde en place… tout le monde est là ?

Clotilde : Oui, nous sommes prêts. Allez, Merde à tous !

TOUS : MERDE ! bon show....

Tout le monde regarde Sophie

Sophie : Oh, non, ne vous inquiétez pas… j'ai bien compris que ça portait la poisse… Alors MERDE !

Christiane rentre en trombe visiblement en colère

Christiane : Mais que se passe t-il ici ? Vous avez vu l'heure ? Ça fait bien cinq minutes que vous auriez du commencer. Je ne tiens pas à rembourser les billets des spectateurs mécontents…

Baptiste : Ne vous inquiétez pas, nous sommes prêts, on peut lancer les trois coups.
Christiane : Je vous en supplie, pas de retard, pas de couac… Il faut que ce spectacle soit LE spectacle dont tout le monde parle… Ludivine, je compte sur vous !
Ludivine : Retournez vous asseoir, Christiane, vous ne serez pas déçue. Tout va bien se passer...
Christiane : Je vous jure, vous avez interêt... il y a le Ministre dans la salle... *elle sort énervée*
Evelyne : Elle est un peu à cran, non ? À croire qu'elle ne nous fait pas confiance.
Edouard : J'ai l'impression, qu'elle pense plus à son investissement financier et à sa réputation, qu'à l'artistique et au bien-être des comédiens.
Jessica : Et elle a raison. Si on veut que cela soit un succès, il faut être irréprochables… et pour l'instant ce n'est pas vraiment le cas.
Marie-ange : Oh, ce n'est pas très gentil de dire ça Jessica… On est tous prêts, on a répété des semaines entières, on s'est battus pour ce spectacle.
Morguy : Marie-ange a raison, on a tous travaillé dur pour ce spectacle, il est inutile de venir nous mettre la pression à quelques minutes du lever de rideau.
Josy : Venez par ici, mademoiselle Sophie, que je vous recoiffe un peu.
Jean-Louis : Sans vouloir vous presser, là il serait temps d'y aller....
Jean-Paul, *frappant dans ses mains* : allez, hop, hop, hop, tout le monde en place...

Edouard : Allez, hauts les coeur ! Oubliez la pression, amusons nous.
Ludivine : C'est exactement ça Edouard. Amusez vous, faites ce que vous savez faire... jouez avec vos tripes.
Evelyne : Bon show à tous.
Patrick : allez on baisse les lumières , les amis on va faire un super spectacle !

Tous se mettent en place prêts à agir.

Steph : Jean-Paul, Jean-Louis, vous êtes prêts ? C'est parti pour les 3 coups.
Patrick : Où est le Brigadier ?
Jean-Paul : Qui ça ?
Patrick : Le Brigadier !
Jean-Louis : Je comprends pas, on attend encore quelqu'un ? Un officiel ?
Patrick : Bon sang, mais c'est pas vrai… décidément faut tout vous dire vous… Le brigadier, c'est le bâton avec lequel on frappe les trois coups.
Jean-Louis : Ahhhhhhh, ok… ben moi je prend toujours un balai.
Steph : Patrick, faut vraiment y aller là, on lance le spectacle.
Patrick : Ok c'est parti !

Steph envoie la musique aussitôt arrêté par Patrick.

Patrick : NON ! attends
Steph : Mais quoi ?

Ludivine : Mais c'est pas vrai ! Qu'est-ce que vous faites ? On va jamais y arriver… il y a un problème ?
Patrick : D'abord les trois coups et après la musique.
Steph : Ah, pardon. OK, vas y Jean-Louis.
Jean-Louis : Allez, tout le monde est prêt ?… lumières

Patrick baisse la lumière et fait signe pour les trois coups.

Jean-Louis frappe les 3 coups avec son balai.

S*ilence… Steph regarde Jean Louis.*

Patrick : Oh, Steph… maintenant !
Steph :   Oh, pardon… *il lance enfin la musique du spectacle*

Petite musique assez courte, c'est le début du spectacle. Les comédiens vont entrer sur scène, on va les entendre très fort au début.

Sophie entre en premier, elle change d'attitude dès qu'elle arrive sur la scène du théâtre.

Baptiste *entre* : « *Monsieur va mieux, je vous le garanti… il aurait été fâcheux que Monsieur rate sa partie de chasse….Mademoiselle Léontine, allez chercher Madame, et dites lui que Monsieur va mieux* »
Sophie : « *Bien docteur… tout de suite docteur* »
Baptiste : « *Et je ne serais pas contre une petite tasse de thé bien chaud…* »

Sophie : « *Tout de suite Monsieur je vais prévenir les cuisines*, **elle crie** *Maman, papa va mieux !* »

elle revient de notre côté.

Josy : Parfait Mademoiselle Sophie, c'est parfait.

Jessica entre à son tour

Jessica: « *Mon cher Docteur… mais quel plaisir… alors comme cela, mon cher mari est remis sur pied ?* »

Jean-Louis et Jean-Paul avancent la théière et la tasse de thé sur un plateau.

Jessica : « *Voulez-vous une tasse de thé ?* »
Baptiste : « *Mademoiselle Léontine est parti le chercher* »
Jessica : « *Léontine, Léontine.* »

Pendant ces répliques, la tasse et la théière sont tombées. (peut être cassés)

Jessica : « *Léontine, le thé du docteur !* »

Pendant les répliques , dans les coulisses, on cherche une solution… Mireille apporte un gobelet et le pose sur le plateau.

Sophie: ***entrant en scène*** , « *voici votre thé Docteur* »
Ludivine : On enchaîne, on enchaîne…….

Edouard, Clotilde et Marie-ange se préparent à entrer en scène, ils respirent plusieurs fois comme pour se concentrer.

Edouard *entre sur le plateau* : « *Ah, mon cher docteur, merci… merci mille fois, je me sens beaucoup mieux. Ma chère, vous vous faisiez du souci pour rien. Je vais pouvoir aller à ma partie de chasse.* »
Jessica : « *Mon ami, vous n'y pensez pas, c'est hors de question… pas dans votre état.* »

Les autres suivent attentivement ce qui se passe sur scène….

Edouard : « *J'en fais mon affaire… Sidonie, Ophélie !* »… *il agite une clochette*

Clotilde et marie-ange entrent alors avec leur plumeau à la main.

Clotilde : « *Monsieur à sonné ?* »
Edouard : « *Oui , Ophélie préparez donc quelques biscuits pour ce cher docteur* »,
Clotilde : « *Bien monsieur, une boisson chaude ? du thé peut être… Madame ? Monsieur ?* »
Edouard : « *Du thé, avec plaisir.* »
Clotilde : « *Bien, Monsieur.* » *elle revient en coulisse*
Edouard : « *Quand à vous Sidonie, allez me préparer mon costume de chasse s'il vous plait* »
Jessica : « *Mais enfin !* »
Edouard : « *Taratata… Sidonie !* »

Marie-ange : « *Bien, Monsieur… mais si je peux me le permettre, dans votre état, ce n'est pas raisonnable* ».
Baptiste : « *Ne vous inquiétez pas, Monsieur va mieux.* »
Marie-ange *sort en coulisse, mais retourne sur scène….* « *Le vert ou le marron Monsieur ?* »
Edouard : « *Le vert, merci* »

Marie-ange revient en coulisse, cherche le costume

Ludivine : Bon, pas de panique, tout va bien, ça roule, je vais voir discrètement dans la salle comment réagissent les spectateurs. *elle sort*

Evelyne est concentrée sur le texte qu'elle a en main prête à souffler.

Marie-ange : Le costume de chasse ? Où est le costume de chasse ?

Tout le monde cherche le costume….

Patrick : C'est malin ça ! Les gars on vous a dit de préparer les accessoires.
Steph : Chut ! Pas si fort, j'entends plus rien, j'arrive pas à suivre….
Clotilde : poussez vous, poussez vous, je dois entrer, vite, *elle entre avec la desserte,* « *Monsieur est servi !* »
Jean-Louis : Mais c'est pas vrai, je l'avais mis là…..
Jean-Paul: je l'ai vue, je suis sûr que je l'ai vue…

ils cherchent

Mireille : Il est là, il est là… tenez.
Marie-ange : Il est tout froissé.
Mireille : Désolée, j'étais assise dessus, je l'avais pas vue.
Marie-ange : C'est pas grave....
Mireille : Attends, je vais lui donner un coup de fer, tu rentres pas tout de suite.
Marie-ange : Ne t'en fais pas, non, ça va aller.
Mireille : Si si, j'insiste, je suis la costumière et si Christiane voit ça, ça va pas lui plaire… oh non, je ne préfère même pas imaginer ça… j'arrive. *elle sort avec le costume à la main.*

Sophie : « *Merci encore Docteur, au revoir* »…. *elle sort en saluant vers la scène.*
Evelyne : Bravo Sophie, tu t'en sors vraiment très bien.
Sophie : Merci….j'ai eu peur avec ces tasses.
Patrick : Ne t'en fais pas, le public n'y voit que du feu… il n'aura rien remarqué.
Josy : Viens là ma belle, que je t'aide.
Morguy : je ne devrais pas te dire ça, mais, puisque les autres sont sur scène… c'est toi ma préférée.

on entend le public rire....

Sophie : Que se passe t-il ? Ce n'est pas un passage drôle ?

Jean-Louis : Au contraire, c'est le moment de la dispute.
Jean-Paul : Attendez... *il regarde vers la scène* oh c'est pas vrai… Jessica a un trou de mémoire...
Morguy : Evelyne, vite, vite....
Evelyne *qui souffle doucement vers les coulisses* : « *docteur, interdisez lui de sortir....* »

silence

Evelyne *même jeu*, : « *Docteur, interdisez lui de sortir* »

Silence toujours

Jean-Louis, Jean-Paul et Evelyne, *très fort :*

« *DOCTEUR, INTERDISEZ LUI DE SORTIR !* »

On entend alors Jessica

Jessica : « *Oh, Docteur, interdisez lui de sortir, je vous en supplie… ce n'est pas raisonnable* »
Baptiste : « *Ma chère, ne vous conduisez pas en enfant gâté* »
Edouard : « *Je me sens en pleine forme ne vous inquiétez pas… Sidonie, mon costume ! Et vous, ma bien aimée, à mon retour… je vous emmène à l'Opéra.* »

Silence

Edouard : « *à mon retour, je vous emmène à l'Opéra* »

Toujours rien….

Edouard: *qui sort la tête* : « *A l'Opéra !* »
Steph : Oh pardon… *il lance la musique d'entre-deux scènes*

pendant la musique, Patrick baisse la lumière.

Tout le monde s'affaire

Mireille *revient avec le costume* : Vite, vite, Edouard, votre costume…. *elle lui tend la veste et l'habille.*

Ludivine *revient* : Evelyne ! Evelyne….
Evelyne : Oui Ludivine.
Ludivine : Mais enfin, quand il y a un trou de mémoire, souffle plus fort, et plus vite...
Evelyne : D'accord, d'accord… excusez moi.
Jessica : Mais ce n'est pas vrai, je n'avais pas de trou de mémoire, enfin, je laissais juste la tension dramatique s'installer.
Ludivine : Ecoute, ne commence pas. Le public n'est pas dupe… Allez, on enchaîne s'il vous plait. *elle sort*

Steph : Vite, c'est la scène des cancans.

la musique s'arrête.

Jessica : *de mauvaise foi* : Ça c'est trop fort, *aux filles*, je vous assure que c'était voulu.
Morguy : *qui ne l'écoute pas* À vous les filles….

Clotilde et Marie-ange entrent sur scène avec les plumeaux.

Marie-ange : « *tu as vu comme Monsieur et Madame se chamaillent en ce moment ?* »
Clotilde : « *Oui, et je n'aime pas ça* ».
Marie-ange : « *Je trouve d'ailleurs Monsieur assez distant , qu'en penses-tu ?* »
Clotilde : « *Je suis bien d'accord, quand ils sont ensemble il y a une tension glaciale.* »

Evelyne suit le texte à la lettre. Morguy et Josy s'installent sur le côté.

Morguy : Bon, voilà, la pièce est enfin lancée, là on est tranquilles pour quelques minutes.
Josy : Oui, c'est le meilleur moment, écouter les comédiens, entendre les réactions du public.
Morguy : Je ne m'en lasse pas… C'est le calme après la tempête.
Josy : Tout à fait... Evelyne, tout va bien.?
Evelyne : Oui, oui, elles sont formidables les petites, elles connaissent leur texte par coeur. Elles ont bien travaillé ces derniers temps.
Jean-Louis : Ça c'est sur… elles sont bien sympathiques...

Baptiste : Ah ah, sacré Jean-Louis… allez, j'y retourne... *il entre en scène*… « *Ah, mesdemoiselles… Le docteur vous salut* ».
Morguy : Dis-donc, Josy, lui aussi c'est un sacré comédien...
Josy : Oui, mais tu l'as vu à l'oeuvre, il ne jure que par les comédiennes… Nous, on le laisse indifférent.
Morguy : Pourquoi tu dis ça , dis donc, toi, tu ne serais pas un peu amoureuse ?
Josy : Mais non, mais non, c'est juste qu'il est sympathique c'est tout.
Morguy : Oh, toi, tu es sous le charme… allez, avoue.
Josy : J'avoue, j'avoue, il est pas mal du tout… mais bon, je ne suis qu'une pauvre petite coiffeuse...
Morguy : Arrête, ça veut dire quoi ça, non mais. Tu es une super coiffeuse.
Jean-Paul : *qui renifle*... Euh, ça sent pas un peu bizarre.....
Jean Paul : *même jeu*… Tiens, t'as raison, on dirait que ça sent le brûlé.
Patrick : Oh, c'est pas vrai ! Oui ça sent le cramé. *il vérifie si ce ne sont pas les projecteurs*… Non, c'est pas les lumières, mais ça sent vraiment fort...

On voit apparaitre la tête de Clotilde

Clotilde: Dites, ça pue ici, qu'est-ce qu'il se passe ?
Patrick : Retourne sur scène, ne t'inquiète pas… continue, continue

Ludivine *entrant en trombe* : Mais c'est pas vrai, qu'est-ce qu'il se passe encore ? Et c'est quoi cette odeur dans la salle ? Ça sent le brûlé.

Patrick : Steph, je te laisse aux commandes, continue à suivre le spectacle.

Steph : Moi, tout seul, mais Patrick attends.

Patrick *sort vers les loges..... et revient aussitôt, suivi des autres* .....oh là là, y'a de la fumée partout dans la loge Gérard Philippe... bon pas de panique.

Mireille : Oh, non, c'est là où j'ai laissé les costumes

Edouard : Vous venez d'y aller pour repasser ma veste.

Mireille : *qui se rend compte de la bêtise* Oh c'est pas vrai , le fer, le fer à repasser.

Ils vont tous voir dans les coulisses... on entend alors les trois comédiens qui continuent à jouer pendant qu'on verra Patrick chercher l'extincteur et Mireille revenir avec une chemise toute brulée .

Marie-ange *: « J'ouvre la fenêtre pour aérer un peu, cela ne vous dérange pas cher Docteur »*

Clotilde : « *ah quel plaisir, sentez cette belle odeur , les paysans font leur brulis pour préparer les cultures* »

Baptiste : « *Mesdemoiselles, qu'il fait bon respirer l'air de la campagne, vous avez de la chance de travailler au service de monsieur, ici dans cette demeure* »

Marie-ange : « *Oui, loin de la pollution de la ville, c'est agréable* »

Baptiste : « *Dites moi, votre Patronne n'est pas là ?* »

Clotilde : « *Oh si , je m'en vais la chercher* ». ***Clotilde sort de scène.....***
Steph: Patrick, vite, c'est bientôt la fin de la scène, viens m'aider je peux pas mettre la lumière, j'y connais rien, moi… vite !
Patrick : J'arrive… Ludivine, c'est bon, il y a eu plus de peur que de mal.
Ludivine : Merci Patrick… bon, je vais rester là, au moins je vais pouvoir vous surveiller.

Jessica s'apprête à entrer... On entend le bruit d'une claque.

Marie-ange : « *Ah ça mais quel goujat.* »...*elle revient en coulisse.*

Patrick, *à Steph* : Noir, noir !
Steph : C'est quel bouton ? vite
Patrick : le bouton à droite.
Les lumières changent de couleur....
Patrick : Non, l'autre droite.

Les lumières s'éteignent sur la scène et Baptiste sort vers les coulisses.

Baptiste : Ben dis donc, tu m'as pas loupé !
Marie-ange : Je ne voulais pas frapper si fort, ça m'a rendu nerveuse, j'ai pas maitrisé.
Patrick *qui retourne s'asseoir en régie* : Là, le noir c'est le bouton à droite… c'est marqué « Black OUT ».

Steph : Oui, ben moi c'est le son mon métier pas la lumière... et je parle pas anglais.
Ludivine : Oui, Oui, Oui, Bon, bon, bon... La scène suivante.
Jessica, *entrant sur scène* : « *Léontine... Léontine ma chérie... Léontine... mais où es tu ? Viens vite... Léontine* »
Sophie , *entre aussi sur scène* : « *Me voilà Maman, me voilà..* ».
Mireille *s'approchant timidement de Ludivine*: Ludivine...excusez moi...
Ludivine : Oui, *elle regarde vers les coulisses...et suit avec interêt la suite de la pièce, elle ne semble pas faire attention à ce que lui dis Mireille.*
Mireille : Ludivine....
Ludivine : Oui, oui je vous écoute...
Mireille : Je voulais m'excuser pour le fer à repasser... je me suis dépêchée et voilà, c'est ma faute... alors si vous êtes fâchée, je comprendrai.
Ludivine : Quoi ? oui... non.
Mireille : Vous ne m'en voulez pas ?
Ludivine : Pardon, vous dites..?
Mireille : Le fer, le feu... vous ne m'en voulez pas ?
Ludivine : Evelyne, occupez vous de Mademoiselle, je ne peux pas être au four et au moulin.
Evelyne : Mireille , venez, que se passe t-il ?
Mireille : Ecoutez Evelyne, je me sens mal pour ce qui s'est passé. J'ai peur qu'elle m'en veuille.
Evelyne : Mais non, mais non, ne vous en faites pas. Soyez rassurée. Tout va bien.

Mireille s'éloigne et va rejoindre Josy et Morguy.

Edouard, *à Evelyne* : Bon, et bien il va falloir trouver une nouvelle habilleuse c'est ça..?
Evelyne : J'en ai bien peur....
Edouard : Je sais que Ludivine n'est pas méchante, mais c'est Christiane… Si elle l'apprend, Mireille peut dire adieu à sa carrière.
Evelyne : Oui, mais pour l'instant, Edouard, pas un mot.
Christiane entre alors discrètement

Christiane: Mes amis, le public est conquis pour le moment... Quelle belle effet cette odeur de fumée alors qu'on ouvre les fenêtres… Comment avez vous fait ? Cela donnait un sens dramatique fort... d'où vous est venue l'idée ?
Ludivine : Oh, chère Christiane, nous n'allons pas divulguer nos secrets maintenant… c'est la magie du théâtre, voilà tout !
Edouard : Tout ce qu'on peut vous dire, c'est que c'est Mireille qui a eu l'idée.
Christiane : Mireille ? Et bien ma chère , Bravo, bel esprit d'initiative… surtout pour une habilleuse… Ludivine, gardez-la précieusement.
Evelyne : Oh, mais nous ne comptions pas nous en séparer… n'est ce pas Ludivine ?
Ludivine : Mais pas du tout… Vous savez, mon équipe, est une équipe de premier choix.
Christiane : Et bien bravo !

Edouard : Mais retournez donc dans la salle, ne vous gâchez pas la surprise.
Christiane : Oui, oui vous avez raison, allez, je vous laisse... *elle sort*
Josy : Et bien tu vois, tu ne vas pas perdre ta place.
Morguy : Au contraire, je crois même que tu as gagné des points aux yeux de tous ma chère Mireille.
Mireille : Arrêtez et concentrons-nous plutôt sur la suite du spectacle… Edouard, c'est bientôt à vous.
Edouard : Oui, merci... *il s'apprête à rentrer en scène.*
Patrick : Attention, Steph, top sonnerie de la porte....*silence*.....Steph...la porte.
Steph : quoi, quelle porte ?...*il regarde derrière lui*, elle est fermée la porte.
Patrick : La sonnerie, vite.....
Steph : Ah, Pardon...il actionne la sonnerie de la porte…..

Edouard entre en scène et Baptiste se prépare à entrer également

Edouard: « *Je vais ouvrir ma chérie* »…. *il sort et rentre avec Baptiste*
Edouard : « *Ma chère, regarde qui voilà… ce cher docteur* ».
Jessica : « *Docteur, encore vous ? Décidément vous ne pouvez plus vous passer de nous* »

Les 3 assistantes se précipitent pour aller admirer les comédiens.

Morguy : C'est vrai qu'ils ont belle allure
Josy : Et cette diction, ce style… ils sont vraiment formidables.
Mireille : Et ce Monsieur Edouard, qu'est-ce qu'il est Gentil.
Josy : Ah, monsieur Baptiste, pour moi c'est le meilleur… il mériterait un Molière cette année.

Jean-Louis et Jean-Paul s'approchent discrètement sans que les filles ne les voient.

Josy: Je pourrai rester là à le regarder des heures déclamer son texte.
Morguy : C'est quand même agréable d'être ici, au plus près des artistes.
Mireille : Ça, les métiers de l'ombre, y a pas mieux… On est toujours dans les petites confidences...
Josy : Vous pensez que Monsieur Baptiste à une fiancée ?
Morguy : Je ne sais pas… Mais Je sais que Monsieur Edouard est libre comme l'air...
Jean-Louis : Voyez-vous ça… Pas la peine d'acheter le journal… on a tous les potins par ici.
Jean-Paul : C'est clair mon Jean-Louis… tous les ragots en direct des coulisses… alors mesdemoiselles ça papote sec on dirait ?
Patrick : Ah ah, les garçons, laissez les tranquilles. Les femmes de l'ombre sont toujours celles au courant de tout... Les artistes se confient beaucoup lorsqu'ils se font maquiller et coiffer.

Steph : Eh, les filles… vous me direz quand il y aura une célibataire, hein ? moi aussi je veux bien les aider à réviser leurs textes.

Josy : Ah ah, pas de problème Steph.

Jean-Louis : Oh c'est pas vrai vous êtes incroyables… y en a pas un pour rattraper l'autre.

Patrick : Un jour, j'ai eu la chance d'être régisseur sur la pièce de Carlo Goldoni : Les cancans… et bien je vous jure qu'ici c'est encore mieux.

Ludivine *qui arrive au même instant :* Oh, Les cancans… j'aime beaucoup cette pièce. J'ai un ami comédien qui jouait Beppo, le jeune premier au festival d'Avignon l'année dernière. Peut-être qu'un jour je la mettrai en scène… qui sait ?

Jean-Louis : Et bien, ne cherchez plus… vous avez déjà trouvé votre casting . *il montre les filles*

Les filles gênées, retournent à leur place sans un mot.

Jean-Paul : Attention, c'est bientôt le changement de décor.

Jean-Louis : No problemo mon JP, on est au taquet.

Jessica *sort de scène* : *souriante*, « À *tout à l'heure cher docteur.* »… *elle change de visage*… qu'est-ce que vous êtes bruyants dans les coulisses, on entend que vous… c'est incroyable.

Elle s'assoit sur une chaise et les assistantes viennent la remaquiller et la coiffer.

Jean-Paul : Si elle se concentrait un peu plus sur son texte et un peu moins sur les coulisses
Jean-Louis : Bien dit... non mais, quelle Diva !
Mireille : Venez par ici, votre robe est toute chiffonnée.
Jessica : Merci Mireille, vous êtes vraiment professionnelle... Quel dommage que vous soyez renvoyée à la fin du spectacle...
Evelyne : Que racontez-vous Jessica, Mireille ne quitte pas la troupe .
Jessica : Après l'incendie qu'elle a provoqué ?
Evelyne : Alors, d'abord ce n'était pas un incendie, et les erreurs ça arrive à tout le monde...
Patrick : Top, changement de décor les gars... musique, lumière, c'est parti.

Musique.

Les comédiens qui étaient sur scène sortent, Jean-Louis et Jean-Paul vont chercher les chaises sur scène... dès qu'il reviennent dans les coulisses on entend un bruit, les plombs ont sauté, tout est dans le noir. On entend alors la réaction de divers comédiens.

Baptiste : Que se passe t-il ? aïe... attention à vous
Sophie : Aïe, qui est là ?
Clotilde : C'est moi, pardon, excuse moi Sophie.
Jean-Paul : Faites gaffe. Y a les fauteuils dans le passage.
Jessica : Mais c'est pas Vrai, c'est pas vrai... c'est un festival... aïe.
Ludivine : Patrick, Patrick... c'est quoi le problème ?

Patrick, *qui a allumé une lampe torche* C'est les plombs… ça a sauté.
Steph : Oh là, là, qu'est-ce qu'on fait ? On va devoir annuler le spectacle, et rembourser tout le monde.
Patrick : On annule rien du tout, je pense savoir ce que c'est, j'arrive. Steph, viens avec moi.
Steph : Ok, Faites attention à vous.
Marie-ange : Oh là, là… que va dire le public... c'est une catastrophe.... et Christiane ?
Edouard : J'ai une idée… Jean-Louis, Jean-Paul, vous avez des bougies dans les accessoires ?
Jean-Paul et Jean-Louis : Affirmatif m'sieur Edouard.
Ludivine : Mais enfin, Edouard...
Edouard : Ne vous inquiétez pas, je sais ce que je fais. J'ai pris des cours d'improvisation, je pense qu'ils vont enfin me servir...
Jessica : N'importe quoi, on peut dire adieu au succès là.
Edouard : Jessica, si vous n'êtes pas capable d'improviser, on ne vous demande rien, Clotilde, Marie-ange, Sophie, Baptiste…Vous me faites confiance ? Vite, venez.
Baptiste : Edouard, j'arrive...
Jean Louis, : Tenez M'sieur Edouard, les bougies.
Edouard : Parfait. Merci
Evelyne : Mais, je ne vois rien, je ne peux pas vous aider si vous avez un trou de mémoire...
Baptiste : On va improviser pas de soucis.
Sophie : Je vous fais confiance.

Les comédiens vont jouer la suite dans le noir bougie à la main.

Edouard, *qui entre en scène*…. « *Léontine, quand je vous dit que la fée électricité ce n'est pas encore au point… vous voyez ce que je voulais dire ?* »
Sophie : « *Mais oui Papa, je vous crois… je vous crois sur parole… C'est Maman qui va être furieuse…* »
Baptise : « *Mon enfant, votre mère n'est pas encore faite pour le progrès… Cher ami vous pensez que cela va durer longtemps ?* »
Clotilde : « *Monsieur, je vous apporte d'autres bougies ?* »
Edouard : « *Merci, oui, et pensez à en apporter aussi dans la chambre de malade* »
Marie-ange : « *Bien monsieur* »

Jean-Louis et Jean-Paul donnent d'autres bougies à Clothilde et Marie-ange.

Clotilde : « *Voici monsieur…* ».
Mireille : Ils sont incroyables.
Morguy : De vrais artistes.
Ludivine : Chut, regardez, écoutez… on croirait que c'est écrit… ils sont formidables. Même le grand Feydeau n'aurait pas fait mieux.
Jessica : Non mais, moi aussi je peux le faire, donnez moi une bougie.
Jean-Paul : Ben y en a plus, c'est bête, ils ont tout pris.
Jessica : Et bien, c'est pas grave, moi aussi je vais vous montrer ce que c'est que l'improvisation.

elle reprend sa voix de scène : « *Léontine , ma chérie, veux tu bien m'apporter une bougie ?* »
Marie-ange : « *Madame, je vous en ai apporté une, je l'ai posé sur votre table de chevet.* »
Jessica : « *Mais non, je vous assure que...* ahhhhhh ***on entend un bruit sourd, c'est Jessica qui s'est cassé la figure dans les fauteuils que les techniciens avaient apporté un peu plus tôt.***

La lumière se rallume juste à ce moment là et on voit Jessica qui est affalée dans les fauteuils.

Ludivine : Jessica, ça va ? vous n'avez rien ?
Morguy : Venez par ici, relevez vous.
Josy: oh la la quel valdingue !!!! Vous n'avez rien de cassé ?
Jessica : Mais non, mais non. On apprend à maitriser les cascades aux conservatoire.

Patrick et Steph reviennent.

Steph : Ça y est, ça fonctionne... mais ? qu'est ce qu'ils font sur scène?
Ludivine : Ils sauvent le spectacle.
Edouard : « *Vous le voyez cher Docteur, cela ne dure jamais longtemps.* »
Baptiste : « *La modernité a du bon.* »
Evelyne : Parfait on enchaine… c'est super.
Jessica : *qui boite un peu, entre en scène* : « *Aaaah, cher Docteur vous êtes là* »
Morguy : Quelle gamelle !

Josy: En tout cas, elle assure quand même, les comédiens se donnent vraiment pour leur public.
Mireille : Ça c'est sûr, quel courage.
Ludivine : Vous le savez, dans le métier on dit « THE SHOW MUST GO ON »
Mireille : Ce qui veut dire ?
Evelyne : Que le spectacle doit continuer quoi qu'il arrive....
Jean-Paul : Eh, ben dites donc, aujourd'hui c'est vraiment « show must go on » !

Christiane rentre discrètement

Christiane: Psssst...Psssst c'est encore moi....
Ludivine : Tout va bien Christiane ? Que se passe t il ?
Christiane : *elle est très excitée*. Je suis trop impatiente pour attendre la fin… vous êtes vraiment géniale Ludivine, cette idée de coupure de courant. Tout le monde y a vraiment cru. Moi la première. Ne me dites pas que c'est encore une merveilleuse idée de Myriam...euh... Myrtille...euh..non...euh....
Ludivine : Mireille ?
Christiane : Oui voilà, Mireille… ah ah non car croyez moi, j'entends les commentaires du public, ils sont conquis… Je pense que les contrats vont pleuvoir... oh là là je ne tiens plus en place.
Evelyne : Attendez au moins la fin, on ne sait jamais… ne brûlons pas les étapes.

Mireille : *en ce moquant un peu* : Oui, Christelle… euh, Christale… euh… Christiane !!!! Retournez dans la salle vous allez tout manquer...

Christiane : Ne vous inquiétez pas pour moi, je pense que je vais être amenée à le revoir ce spectacle… croyez moi.....

Ludivine : Allez, allez, filez….

Sophie sort de scène avec Edouard....

Sophie : Vous êtes incroyable monsieur Edouard.
Christiane : Oh, Monsieur Edouard... Quel honneur.
Edouard : Mais, que se passe t il ici ? Mademoiselle Lagrange, tout va bien ?
Christiane : Oui, oui, c'est une pièce formidable… et vous, vous êtes… incroyable. *elle le prend à part au devant de la scène* Dites moi que faites-vous après la représentation ?
Edouard : Et bien, je ne sais pas, voyez-vous, nous n'avons pas encore fini… et je pense que la tradition veut que nous allions tous boire un verre ensemble.
Christiane : Nous verrons, nous verrons... allez je file… oh j'ai hâte de voir la suite *elle sort*

Sophie : Elle ne m'inspire vraiment pas confiance… Que faisait-elle encore à rôder dans les coulisses ?
Baptiste : « *Mais bien sûr ma chère… au plaisir , au plaisir… et prenez garde aux courants d'air.* ah ah ah »... *il revient en coulisses.*
Sophie : Oh là là, monsieur Baptiste, Bravo, belle improvisation.

Baptiste : Oh, ce n'est rien, c'est grâce à Monsieur Edouard... il connait le texte de tout le monde, et l'histoire sur le bout des doigts... c'est un plaisir de se sentir en confiance.
Ludivine : Allez, allez, on se re-concentre, on enchaîne...

Les domestiques sortent de scène suivies pas Jessica qui boite toujours.
elle s'assoit sur une chaise.

Evelyne : Tout va bien Jessica ?
Morguy : Vous voulez un peu d'eau ?
Josy : un peu d'air...*elle l'évente.*
Jessica : Non mais laissez-moi, laissez-moi... tout va bien.
Baptise : Ah, c'est notre grand moment Edouard....
Edouard : Oui, j'adore cette scène. Patrick ! te loupe pas !
Patrick : Comptez sur moi les amis.

Edouard et Baptise retournent sur le plateau.

Jean-Paul : Pardon Jessica mais faut qu'on déplace cette chaise
Jean-Louis : Désolé de vous déranger....
Jean-Paul : Changement de décor oblige...
Jean-Louis : Navrés.

Jessica laisse sa place, et regarde Mireille qui est assise sur une autre chaise... elle va lui faire comprendre qu'elle veut sa place juste d'un regard.

Ludivine : Bon, je pense que maintenant ça roule… on a eu du mal à démarrer mais cette fois, on tient notre vitesse de croisière.
Clotilde : Marie-ange, je voulais te dire que c'est vraiment super de travailler ensemble… Tu sais je passe un casting pour une autre publicité, la semaine prochaine, ils cherchent pas mal de monde, ça t'intéresse ?
Marie-ange : Mais carrément. Oui, moi je ne demande que ça, et travailler avec toi c'est toujours un plaisir...
Clotilde : Je te donnerai le texte, je l'ai dans mon sac.
Marie-ange : Merci , c'est vraiment sympa.
Ludivine : J'aime ce professionnalisme, cette entente entre les artistes et cette envie de travailler, de toucher à tout.
Evelyne : Bravo les filles je croise les doigts mais pour le moment on lâche rien.
Mireille : Sophie, Sophie… vous êtes toute pâle. Vous allez bien..?
Sophie : C'est que je , euh… pardon mais...
Ludivine : Qu'est-ce qu'il t'arrive Sophie, Sophie !!!
Sophie : J'ai la tête qui tourne… je me sens… partir…

elle s'écroule évanouie.

Ludivine : Oh là là, non, Sophie !
Evelyne : Sophie, Sophie !

Josy : De l'eau, apportez de l'eau.
Morguy : il faut l'allonger.
Ludivine : Non, pas dans le passage... oh là là...
Jessica : Mais c'est pas vrai !!! Elle nous aura tout fait ! *et elle retourne sur scène en l'enjambant : « Me voici me voilà. »*
Ludivine : Jean-Louis, Jean-Paul venez nous aider.
Jean-Paul : Sophie, ma Sophie, ça va aller pas de panique.
Jean-Louis : Allez, à trois on soulève... un deux trois.

Tous vont la soulever et l'emporter vers les loges.

Steph : Je ne sais pas si on va réussir à finir ce spectacle.
Patrick : Pas d'inquiétude, tu l'as entendu tout à l'heure : « THE SHOW MUST GO ON »... mais j'avoue que là... je ne sais pas ce que l'on va bien pouvoir trouver...

Jean-Louis et Jean-Paul reviennent des coulisses.....

Steph : Comment va t-elle ?
Jean-Paul : elle est sonnée.
Jean-Louis : Mais ça va, elle a l'air de reprendre conscience.
Clotilde : Elle est encore très faible.
Marie-ange : Faut dire aussi qu'elle n'a rien mangé ce midi. Une pomme, c'est tout.
Clotilde : Le théâtre c'est comme le sport... il faut se nourrir.

Marie-ange : En attendant, que va-t-on faire ? elle rentre dans l'acte suivant.
Clotilde : Et elle ne sera pas en état de monter sur scène, imagine si elle retombe dans les pommes...
Steph : Ecoutez, il faudrait la remplacer, y a personne qui connait son texte..?

Tous se regardent, s'interrogent des yeux.... et JeanLouis regarde Jean-Paul.

Jean-Louis: Je crois que j'ai peut-être une idée... Les filles venez avec moi... Toi aussi *il embarque Jean Paul. Ils sortent tous.*

Ludivine : Oh, je pense que là, on est cuit... *elle regarde vers la scène....*
Evelyne : Que va-t-on faire ? je ne sais pas ce que mijotent les autres, il disent qu'ils ont une solution… on va bien voir.
Ludivine : J'ai peur de leur faire confiance mais en même temps… nous n'avons pas le choix.
Patrick : Faites confiance aux jeunes… Je suis sûr qu'ils vont trouver LA solution pour remplacer Sophie.
Baptiste : « *Mais c'est un plaisir , un honneur... on dit donc ce soir à 19h* » *il sort*
ouf… oh, ben dites donc, c'est bien calme par ici...
Clotilde : Sophie a eu un malaise… mais elle va mieux, on trouve une solution… Marie-ange, vite, viens…
Marie-ange : C'est à nous ? Déjà ? oh là là j'espère que ça va marcher.

Clotilde et marie-ange entrent en scène

Clotilde : « *Monsieur, Madame...vous avez sonné ?* »
Baptiste : Un malaise ? mais où est-elle ?
Evelyne : En coulisse, elle se remet, ne vous inquiétez pas.
Baptiste : Mais qui va la remplacer ?
Steph : Qu'est-ce qu'ils font, qu'est-ce qu'ils font..?
Patrick : Pas d'inquiétude, faites confiance aux artistes.
Evelyne : Elle est sensée rentrer dans quelques instants…
Ludivine : Si elle n'est pas là à temps, il faudra faire diversion.
Baptiste : on est plus a ça près !
Mireille *revenant des loges* : C'est bon, on a trouvé une solution, Morguy et Josy terminent les derniers détails. *elle retourne en loges*

Edouard sort de scène.

Edouard : Jessica, s'en sort très bien… elle boite un peu mais cela ne se voit pas.... Ben, vous en faites une tête ?
Baptiste : Sophie a eu un malaise, elle doit-être remplacée.
Edouard : Remplacée ? mais par qui ?
Ludivine: C'est ce qu'on attend.
Patrick : M'sieur Edouard, Jean-Paul, Jean-Louis et les filles ont dit qu'ils avaient une solution.
Steph : Soyons patients, ils ne devraient plus tarder.....

Clotilde : « *Bien madame, tout de suite madame* » ***elle sort de scène***...alors, alors ? des nouvelles ?
Baptiste : Toujours pas… mais continuons.
Patrick : C'est bientôt la fin de la scène.
Steph : On envoie la musique ?
Patrick : Attends un peu....
Marie-ange : « *Bien sûr Madame, ce sera une soirée inoubliable....* » ***elle sort***... alors, alors, comment va Sophie ?
Evelyne : Toujours pas de Nouvelles.
Patrick : Top Musique !
Allez, en place pour la scène de la soirée !
Jessica *sort* : ahhhh j'adore cette scène, c'est ma préférée... Mais où est Sophie ? Elle doit rentrer avec moi...
Edouard : Elle arrive, elle arrive, un petit souci de costume, commence sans elle....
Jessica : Mais, je ne…
Ludivine : Faites ce qu'on vous dit.....*elle la pousse vers la scène....*

La musique se termine et Jessica retourne sur scène. Ludivine lui fait signe d'improviser....

Jessica : *elle essaye d'improviser, on la voit qui jette des coups d'oeil vers les coulisses… son débit est très lent et sur-joué* « *Oh, que ces fleurs sentent bon… et quelle belle soirée... Le dîner sera prêt dans quelques instants* » *elle arrange les coussins, fait genre de préparer quelque chose....* « *Je pense que le dîner va plaire au docteur.* »

Pendant qu'elle gagne du temps, les artistes reviennent en coulisses...

Morguy : Voilà, ça y est... c'est prêt !
Josy : Le public n'en croira pas ses yeux.
Jean-Louis : waouh, moi-même je n'en reviens pas.

Sophie rentre à son tour, faiblement. Elle est en t-shirt et jean, elle est accompagnée par Mireille.

Sophie : Oh là là, j'espère que ça va aller ? Ludivine, je suis désolée, désolée...
Ludivine : Assieds toi Sophie, repose toi.
Edouard : Mais alors, qui ? Qui remplace Sophie ?
Jean-Paul (*avec la robe de Sophie et une perruque*) : Moi ! Vous allez voir, ce que vous allez voir...
Patrick : Oh la vache, Mon Jean Paul, tu es… sexy !
Steph : Oh, JIP, je t'avais pas reconnu.... waouh… ça te va bien !
Baptise : Allons, allons… allez sauver Jessica, elle ne sait plus quoi faire.
Jessica : « *Ah, j'entends du bruit... serait-ce ma fille chérie qui arrive...? Ma joie de vivre... La plus belle demoiselle de la ville* »
Jean Paul : Show Time ! *il imite Sophie...* « *Maman, Maman....me voilà* »
Jessica : Ahhhhhhh ! mais qu'est ce que ......

Edouard *arrive pour sauver la situation* : « *Ah ah ma chère…Tu as vu comme notre fille est en beauté ce soir ? Léontine, tu es merveilleuse* »
Jean Paul : « *Merci Papa. Allez-vous me dire enfin, qui sera présent ce soir ? Je suis curieuse… est-ce que le gentil docteur sera là ?* »
Clotilde : Sophie, je crois que tu as de la concurrence…
Sophie : Arrête, ne me fais pas rire… c'est pas drôle.
Marie-ange : Chut chut, écoutez…
Patrick : Top Sonnerie !

La sonnerie retentit, Baptiste s'apprête à rentrer.

Jean Paul : « *Oh, Maman, laisse, je vais aller ouvrir, c'est sans doute ce cher docteur…* »
Baptiste : *il entre avec Jean-Paul.* : « *Ah, ah…alors, comment va monsieur ?* »
Jean-Louis : Je crois que là on tient le clou de notre spectacle.
Ludivine : Cette fois, plus rien ne peut nous arriver.

La musique va alors s'accélérer, comme au cinéma muet. Il va y avoir des entrées et des sorties de scène, tout se passe maintenant très très vite.

À la fin de la musique c'est la fin de la pièce « Monsieur va mieux »

Tous les personnages qui sont en coulisses retiennent leur souffle.

Jean-Paul : « *Oh cher docteur, cher Papa, très chère Maman...c'est OUI !* »
Baptiste : « *Mes amis, Je lève donc mon verre à la future Mariée... Léontine* »
Tous : « *À la future mariée !* »
Patrick : et... rideau !

Musique. On entend les applaudissement... ce sont les saluts. D'abord les artistes, puis Ludivine, puis l'équipe... tout le monde revient dans les coulisses.... tout le monde se félicite.

Sophie : Oh Bravo, Bravo... et merci Jean-Paul... qu'est ce que tu m'as fait rire, le public a adoré !
Ludivine : Bravo, bravo... Vous l'avez fait ! vous l'avez fait ! on a réussi.

Patrick et Steph les rejoignent.

Steph : Je dois vous avouer que je ne pensais vraiment pas qu'on y arriverait.
Edouard : Bravo à tous, vous avez été sensationnels. ça c'est ce qu'on appel une troupe... une vraie.

Christiane arrive alors. Tout le monde se tait. Elle a l'air furieuse.

Christiane : J'aimerai savoir, pourquoi ? Pourquoi..?
Ludivine : Christiane, laissez-moi vous expliquer...
Sophie : Non, Ludivine, laissez , c'est à moi de parler...

Christiane : Taisez-vous ! Pourquoi, vous m'avez fait cela ? *et le ton va changer....* Pourquoi ne m'avoir rien dit ?
Evelyne : On ne savait pas, c'est un accident...
Christiane : Un accident ? un accident ? non je n'appelle pas cela un accident moi, j'appelle ça...un triomphe.
Le public a adoré… les journalistes sont comme fous. Et les investisseurs… Oh, je ne sais plus quoi dire... Ils vous attendent... vite… je n'arriverai pas à les contenir.
Ludivine : Justement, Christiane, je voulais vous dire… je ne pense pas venir sans le reste de la troupe. J'ai bien réfléchi, c'est nous tous, ou personne ?
Christiane : Mais de quoi parlez-vous? enfin, on vous attend, tous dans le Foyer du Théâtre. Tous et surtout vous *à Jean-Paul* la Jeune Première. Oh, mais qui aurait dit un jour que je rirai autant à une mise en scène aussi précise, aussi drôle… J'ai été surprise du début à la fin.
Sophie : Vraiment ? cela vous a plu ?
Christiane : Si cela m'a plu ? Mais je suis aux anges. Venez, trinquons ensemble et vous jugerez par vous même… Allez, allez, venez.…

Elle emmène tout le monde vers les coulisses, tous sont ravis... il sortent un par un dans une grande excitation. Les derniers à sortir sont Jean-Paul et Jean-Louis.

Jean-Paul : Jean-Louis, attends… Je voulais te remercier. Sans toi je n'aurais jamais osé faire ça… Merci de m'avoir forcé. Je dois te l'avouer j'ai vraiment adoré… tu sais, je pense que… il faut-être complètement fou pour faire ce métier… et en même temps je crois que c'est ce que j'ai toujours voulu faire… alors merci de m'avoir ouvert les yeux sur cette folie.
Jean-Louis : Pas de quoi mon vieux. Tu sais, je suis sûr que tu seras un grand comédien.
Jean-Paul : Merci… ça me touche…tu sais… ça restera toujours gravé là… côté coeur !

Ils se serrent la main puis cela se transforme en une accolade sincère et sortent.

NOIR

Du même auteur

Sophie et le grenier enchanté

La maison hantée